AW

Diese Arbeiten folgen keinem künstlerischen Konzept, keiner Gesetzmäßigkeit, keiner Logik im herkömmlichen Sinn. Niedergeschrieben in einem Zug, frei von ablenkenden Gedanken oder Zugeständnissen an eine literarische Form enthält der Band zweihundert Aufzeichnungen aus dem Unterbewusstsein. Allein das Aufhören am Ende der jeweiligen Notizbuchseite, um erneut beginnen zu können, galt als Einschränkung beim Schreiben dieser Texte.

Adelhard Winzer, geboren in Karlshuld/Bayern, verbrachte die ersten Kinderjahre auf dem Bauernhof seines Onkels, Mitbegründer verschiedener Bands, Reisen durch Europa, Kinderbuchveröffentlichung „Andreas", Georg Lentz Verlag, München, Bankangestellter, Bankkaufmann, intensive Schreib- und Zeichentätigkeit, Ausstellungen in Neuburg an der Donau, München und Umgebung, zwei Stücke im Cantus Theaterverlag, Eschach: „Krethi und Plethi" – „Das Korkenspiel", weitere Buchveröffentlichungen: „Die Sprachgrenze" – „Lügengeschichten" – „Stockholm Blues", Books on Demand, Norderstedt, lebt im Chiemgau.

ADELHARD WINZER
VENEDIG, VON HIER AUS
Aufzeichnungen

Bibliografische Information der
Deutschen Nationalbibliothek: Die Deutsche
Nationalbibliothek verzeichnet diese Publikation
in der Deutschen Nationalbibliografie.
Detaillierte bibliografische Daten sind im
Internet über http://dnb.dnb.de abrufbar.

Herstellung und Verlag:
BoD – Books on Demand, Norderstedt
Umschlagzeichnung:
Adelhard Winzer

ISBN 978-3-749437481

Wer sieht den roten Vogel, der an mir vorübergeflogen ist unter der italienischen Eiche? Niemand außer mir! Also gibt es ihn nicht für die andern, auch nicht die Landschaft mit ihren wechselnden Farben, den Mond und das Meer, die unbeweglichen Sterne, außer sie lesen das Buch der flüchtigen Augenblicke, das ich geschrieben habe unter dem Baum, den keiner kennt außer mir.

In den Wolken könnte man sehen, was sich darunter verbirgt. Ein Kind wäre noch ein Kind, weil Kinder keine Kinder mehr sind. Die Alten würden sich schämen. Wer Recht hat, wäre nicht wichtig. Die Sterne strahlten Tag und Nacht. Der Mond auf gleicher Höhe. Das gelbe Licht am Horizont wäre keine Täuschung mehr, und niemand wüsste warum –

Nachts würde es regnen. Wolken erstreckten sich kilometerweit. Der Tag wäre nicht mehr zu erkennen. Der Strand eine Wand für die Ewigkeit. Die Herrscher nur noch ein Wort. Nichts denken, wäre wichtig –

Ich bin mir nicht sicher. Ein Schrei, unhörbar für andere, aber klar und deutlich für mich. Im Zimmer über mir Tische und Stühle. Die Hausmeisterin weiß nichts. Schreie, die meine Innenwelt bewegen. Ich bin mir nicht sicher, eine Erklärung allein genügte nicht –

D enke nicht daran, denke an nichts. Indem du an nichts denkst, denkst du wieder daran. Denken vernichten geht nicht. Das würdest du dir wünschen, einen Tag ohne Gedanken. Erst im Nachhinein weißt du, was wichtig gewesen wäre für dich –

Wenn es hier einmal regnet, dann schüttet es, dass es nur so rauscht. Du siehst nicht mehr, was du gesehen hast, gehst wie betäubt durchs Zimmer. Wen interessiert das? Wenn die Sonne wieder scheint, denkst du nicht mehr daran –

Die Geräusche kriegen einen anderen Klang. Der Schlaf ist nicht mehr derselbe. Man kriegt seine Augen nicht auf, wird nicht jünger. Die Falten vermehren sich, sagt die Frau. Was nachher kommt, weiß kein Mensch. Bis jetzt ist noch keiner zurückgekehrt –

Die Fensterläden sind geschlossen, Rollos und Türen dicht. Die Hunde hinterm Haus fletschen die Zähne. Wirf ihnen deine Hand hin, dann siehst du, was geschieht –

D er Himmel stürzt ins Meer, Möwen schlagen Purzelbäume. Wellen kämpfen mit dem Sturm. Durchnässte T-Shirts, aufgeweichte Schuhe. Was hast du erwartet?

Die Menschen sind immer noch Menschen, auch wenn sie nicht deine Sprache sprechen. Der Mund wird ein Lächeln. Wenn du willst, kannst du es so sehen. Du musst nichts beweisen. Die Evolution ist noch nicht zu Ende –

Freue dich, wenn du dich freust. Unterdrücke nichts. Es gibt Menschen, die mit einem Satz eine Macht ausüben auf dich. Obwohl du weißt, dass es nicht stimmt, machen sie dich fertig, wenn du dich fertigmachen lässt –

Heute geht es nicht um morgen, weil du morgen noch nicht zuhause bist. Zurück zur Tagesordnung, sagst du. Aber was wäre das für eine Ordnung –

Die Politiker verstecken ihre Gedanken, als wüssten wir es nicht. Nach dem Schlamassel stellen sie sich zur Schau und behaupten das Gegenteil –

Nachts gehen die Uhren anders. Stammt der Satz jetzt aus einem Gedicht oder habe ich ihn gerade aufgeschrieben? Derlei Gedanken haben andere Menschen auch. Die Schule wäre überflüssig, weil morgen nichts mehr gilt –

Wer es nicht weiß, ist besser dran, wird wieder zum Kind, unbedarft, hilflos auf sich allein gestellt. Die Zeit, als man es wissen wollte, ist vorbei. Längst wissen alle alles über dich –

Wer dich in Ruhe arbeiten lässt, ist zu loben. Weil es welche gibt, die dich hindern daran. Was ihnen gegen den Strich geht, lehnen sie ab. Stellen dich aber nicht in Frage, weil du ihnen nicht wichtig bist –

Wenn es jemandem nicht passt, was du machst, wird das Große klein und das Kleine noch kleiner. Nur dir selbst den Weg verbauen darfst du nicht –

Ein Wort, das zahllose Gedanken in Bewegung setzt, aber nicht ausgesprochen wird. Ein Neuanfang wäre wichtig. Man müsste alles hinter sich lassen, tatsächlich noch einmal von vorne beginnen –

Was wolltest du gerade sagen? Nichts, nur dass ich das, was ich manchmal sagen will, mich nicht mehr traue zu sagen –

Wer sich selbst mag, benötigt keinen Hund. Katzen brauchen keine Führung. Der Wind findet seinen Weg allein. Daran könnte man sich halten –

Ein Mann wird in den Himmel gehoben, obwohl er nichts weiß. Bloß weil er drinnen ist im Rad, muss es sich weiterdrehen. Die Brandung reißt alles mit sich. Du kannst es nicht ändern. Glaub daran, auch wenn du es nicht glaubst –

Die Kirchturmglocken erinnern mich an meine Ministranten-zeit. Ich war nur wegen des Geldes dabei, das man dafür bekommen hat. All die lateinischen Sprüche habe ich auswendiggelernt, nicht gewusst, was MAXIMA CULPA heißt –

Wer nichts gesehen hat von der Welt, war nicht auf der Welt, sagen die Weitgereisten. Was die andern gesehen haben, wissen sie nicht. Alles ist wichtig, auch wenn es nicht wichtig ist –

Wir gehen in den Kindergarten, wollen hören, wie Kinderlieder gesungen werden, wollen sehen, wie ein Schloss gebaut wird aus Holzklötzchen, wollen erfahren, ob den Kindern Achtung beigebracht wird. Oder ob sie schon auf ihre Rechte pochen, wie die Erwachsenen –

Der Mann dort mit der roten Zipfelmütze geht damit ins Wasser. Die Kinder fangen zu lachen an, aber es ist kein befreiendes Lachen. Dem Mann ist das egal. Wir müssen uns nicht um ihn kümmern. Er ist gar nicht ins Wasser gegangen. Er hat auch keine rote Zipfelmütze auf –

Möwen umkreisen dich, aber du hast nichts übrig für sie, denkst nur an dich. Lass dir was einfallen! Wirf dein Leben weg, wenn du nicht zufrieden bist damit –

Die Sonne geht auch ohne dich auf. Du musst keine Angst haben um sie, weil sie noch nicht aufgegangen ist. Die Sonne braucht dich nicht –

Der Restaurantbesitzer steht vor der Eingangstür und raucht eine Zigarette, weil im Lokal Rauchverbot herrscht. Er hat starke Ähnlichkeit mit meinem Lehrer, der jeden Tag eine Stunde lang im Klassenzimmer Zeitung las und rauchte. Ein alter Nazi, der seine Vergangenheit leugnete. Groß und blond. Und stark! Lesestunde, Zeichenstunde, hat er bloß gesagt. Ich habe große Angst gehabt vor diesem Lehrer, aber die Angst eines Kindes galt damals noch nichts –

Nicht alle haben Verständnis für Leute, die an andere Leute denken. Das macht sie nervös. Auch wenn du glaubst, allein durchs Leben zu gehen, bist du nicht allein. Das bist du nur in deinen Geschichten, die kein Mensch versteht –

Bis später, sagte er, meinte aber: für immer! Und ein großer Gedanke machte sich in ihm breit, der alle andern Gedanken verdrängte –

Du darfst keine Angst haben, sagte die Reitlehrerin. Den Menschen kannst du was vormachen, aber nicht einem Pferd –

Hier ist der Anfang. Das Ende kommt früher, als du denkst, versuch es nicht hinauszuschieben –

Kein Tag verging, ohne dass dir nicht jemand deine Fehler gezeigt hätte. Hast du einen Fehler gemacht? Wer hat dir gesagt, dass du fehlerfrei sein musst? Darf man keine Fehler mehr machen?

Traurig sind die, die so tun, als wären sie froh. Hast du einen Freund? Wer war dir behilflich? Bist du traurig? Brauchst du jemanden?

Träume sagen dir nichts, die Realität erst recht nicht. Auch wenn du glaubst, es geht alles daneben, dein Weg führt woanders hin –

Schwimm nicht zu weit hinaus. Eine Bewegung zu viel, und es ist vorbei. Auch wenn es lächerlich klingt, du musst vorsichtig sein, sonst gehst du verloren –

Einer, der neben dir sitzt und mit geschlossenen Augen aufs Meer hinausschaut. Wenn er spricht, dann allein über die Vergangenheit. Er lässt sie nicht gelten, auch nicht die Gegenwart. Als wäre das der Sinn des Lebens –

Am Vormittag fing es zu regnen an und hörte nicht mehr auf! Was jammerst du, was hast du schon verloren? Einen Tag ohne Sonne, die dir gestern zu viel war –

H ier gibt es nichts zu tun, was wichtig wäre. Das musst du selbst herausfinden. Aber das kann nicht jeder, ohne Vorgabe einen Tag gestalten –

Manchmal bin ich das Abzieh-
bild eines Fremden und gehe
anonym durch die Welt –

Willst du gefallen mit einem Lächeln? Etwas bewirken? Jemand sein, der du nicht bist? Dann lächle! Morgen ist es nicht mehr dein Lächeln –

Frei sein, was heißt das? Man müsste jemanden fragen, der sich darunter schon etwas vorgestellt hat –

Ich möchte mich nicht an die Regeln halten, aber das geht nicht. Gleichgesinnte, die in mir einen Eindringling sehen, sich wichtiger nehmen als die Regeln selbst, versperren mir den Weg –

Ich habe meine Richtung nicht verloren. Ich messe meine Größe nicht an dir. Ich weiß, dass ich mit allem verbunden bin. Ich versuche bloß, der zu sein, der ich bin –

Du nimmst mir nicht alles ab. Du willst nicht, dass ich etwas sage. Was mich nicht daran hindert, es dennoch zu sagen –

Es gilt nicht, was der Arme sagt. Es gilt nicht, was das Kind sagt. Es gilt nicht, was der Angestellte sagt. Es gilt nicht, was der Lügner sagt. Es gilt nicht, was der Feind sagt. Es gilt nicht, was der Schwarze sagt. Es gilt nicht, was der Kranke sagt. Es gilt nicht, was die Frau sagt. Es gilt nicht, was der Lehrling sagt. Es gilt nicht, was der Angeklagte sagt. Es gilt auch nicht, was du sagst. Trotzdem hast du es gesagt –

Du musst dich zu den Menschen gesellen, ein Schritt zu viel, und du stürzt ab. Du befindest dich immer kurz davor –

Vergiss das Komma nicht, den Einschnitt, der dich langsamer werden lässt. Viel ist gut, mehr noch weniger. Erst wenn du recht hast, passt es zusammen. Wer hat dir gesagt, dass du recht haben musst –

Die Luft ist so erfrischend heute. Kein Mensch weit und breit. Nur du, die Möwen, der Strand und das Meer. Aber die helfen dir auch nicht weiter. Du musst allein fertig werden mit dir –

Vielleicht zeigt dir die Frau dort den Weg oder das Kind mit dem Ball in der Hand, das so schön lächelt, dass du ganz klein wirst, dich wieder auf dich selbst besinnst –

Die fliegenden Händler verkaufen alle das gleiche, das kannst du vergessen. Nur der Mann mit der Melone sieht neu aus, seine Hose wie frisch gebügelt. Das Schweigen auf seinen Lippen –

Ich male dein Gesicht mit deiner Wimperntusche, deine Augen, den Mund. Allein der Gedanke, dass ich dich besitzen werde heute Nacht, macht mich unruhig, nervös, macht etwas aus mir, das ich nicht bin –

Keine Sorge, es ist nichts geschehen. Ich habe dich und du hast mich. Wir haben uns noch, sind uns nur nicht mehr sicher. Bist du dir sicher?

Er sagt nur dummes Zeug: Was macht sie? Wo geht sie hin? Kennst du sie? Der Horizont ist nicht gerade, nichts ist gerade. Was machen die Kinder hier? Ich mag doch Kinder! Er hat Angst, sich zu zeigen. Allein der Weg nach vorne zählt, aber den gibt es nicht –

Am Strand, in der Kirche, am Markt, auf der Straße, wo immer er geht, fühlt er sich eingeengt. Erst wenn er merkt, dass ihn eine Frau beobachtet, fühlt er sich besser und der Krampf löst sich –

Er will alles und bekommt nichts –

Abends geben sich die Menschen anders als am Morgen, wenn sie sich rausreißen müssen aus dem Schlaf. Es dauert, bis sie fertig sind für den Tag, der sie vergesslich macht und die schönen Träume verdrängt. Das Gesicht am Abend ist nicht vergleichbar mit dem Morgengesicht. Die Gedanken kommen wieder, stärker als zuvor –

Er ist nicht allein, wenn er allein ist. Das bildet er sich nur ein. Er ist gesund, muss nicht gepflegt werden, kann machen, was er will. Nur was er will, erfüllt sich nicht. Es geht alles ganz anders –

Tagelanges Schweigen, das kennt er. Allein in der Fremde fühlt er sich wohl. Bald wird es ihm zu viel, er fängt zu schreiben an, Briefe an alte Bekannte. Die antworten nicht, lassen sich auf keinen Briefwechsel ein. Er hat kein Handy –

Waren jetzt die Enkelkinder vom Nachbarn hier, die den Lärm verursacht haben bis spät in die Nacht, oder war es der Nachbar, der wie ein Verrückter mit seinem Schwert durch den Garten gerannt ist –

Sand in den Schuhen, in den Ritzen der Kleider. Gibt es Ritzen in den Kleidern? Eher im Hemdkragen. Es knirscht zwischen den Zähnen. Wo ist das Paar vom letzten Jahr? Das Kind mit den Spielsachen aus Blech?

Wind kommt auf, verschluckt die Stimmen, nimmt die Sonnenschirme mit. Kinder laufen und schreien. Der Himmel verfinstert sich, alles wird enger, gefährlicher, und plötzlich Nacht –

Gehen wir weiter, bis wir die Altersgrenze erreicht haben, schauen uns die jungen Mädchen an, die Erwachsenen, die Alten, die nichts mehr zu erwarten haben, dabei so zufrieden aussehen –

Mit einem A fängt es an, mit einem A hört es auf, der Buchstabe B ist nicht gefragt. A wie Aufrichtigkeit, A wie Akzeptanz, A wie Aber, A wie Also, A wie Abendrot, A wie Allora, A wie Abschied, A wie Allein –

Brüderlich teilen. Freundlich sein. Sich vertrauen. Nicht überlegen, helfen. Offenheit ohne Hintergedanken –

Der Zauberer baut seine Zelte auf, lässt sie in sich zusammenfallen, dass die Kinder vor Schreck davonlaufen. Das ist es, auf was Ihr euch vorbereiten müsst, ruft er, dass alles zusammenkracht! Weil nichts mehr sicher ist auf der Welt, wackelig geworden durch zu viel Vertrauen und Zuversicht, schreit nur! Aber die Kinder schreien nicht, schweigen, stecken das weg, rächen sich an einem andern, wenn sie erwachsen sind –

Tagsüber hat er andere Gedanken als am Abend, nachts gehen ihm die Träume nicht aus, er hat sie noch nie aufgeschrieben. Was er sich vornimmt, vergisst er, wenn es nicht lebenswichtig ist. Fragen will er nicht mehr stellen, das hat er zu oft schon bereut –

Der Soldat weiß genau, wie man
Menschen um die Ecke bringt,
nur nicht, wie man lebt –

In der Sonne sieht man mehr, auch wenn sie blendet. Die Zeit vergeht, bleibt stehen vor dir wie eine Schlechtwetterwand. Was hast du dir alles vorgenommen für diesen Sonntag –

Er macht Gymnastik auf der Terrasse. Die Hotelgäste schauen zu. Er lässt sich nicht aufhalten. Das muss er jetzt durchziehen, das ist wichtig für ihn. Wenn die andern lautstark telefonieren, mit ihren Hunden stehen bleiben vor ihm, während er frühstückt, will er jetzt keine Rücksicht mehr nehmen. Er macht jede Übung zweimal, lockert sich, fühlt sich stark –

Er geht die Promenade entlang und denkt: Erst wenn man allein ist, weiß man, dass man allein ist. Aber die Hotelgäste zeigen ihm, wie man beschwingt durch den Abend geht –

Ein Mann in zerlumpten Kleidern, beladen mit Taschen und Tüchern, geht am Strand entlang, bleibt stehen vor Frauen, wartet, dass sie ihm was abnehmen, aber das machen sie nicht. So geht er, bleibt stehen, geht weiter, bis der Winter kommt –

Man sieht einen Papierdrachen am Himmel, aber nicht den Mann, der ihn verkaufen will. Man sieht eine weiße Möwe, die den Drachen angriffslustig umkreist, wegfliegt und wieder zurückkehrt zu ihm. Das haben sich all die Kampfflieger abgeschaut, die unterwegs sind im Auftrag des Todes auf der Welt –

Der Sand und die Schuhe, das Licht und der Schatten, das Laute, das Leise, der Mond und die Sonne, das Kalte, das Heiße, das Gute, das Böse, das Harte, das Weiche, das Lachen, das Weinen, der Mann, die Frau, das Kind und die Mutter, der Morgen, der Abend, das Leben, das Sterben –

Die Turmuhr schlägt. Er wacht auf und wundert sich, dass es schon so spät ist, wo er doch gerade erst mit dem Gezirpe der Grillen eingeschlafen ist und die jetzt mit einem Schlag aufgehört haben damit –

Ein paar Menschen reden über unwichtige Sachen, lassen sich ein auf dubiose Geschäfte, sind besser als andere, sind alles, sind nichts, tun so, als würden sie es verstehen, und besitzen fast die ganze Welt –

Dass sich die Menschen umbringen, glaube ich, dass sich die Menschen quälen, glaube ich, dass sich die Menschen erschießen, glaube ich, dass sich die Menschen verleugnen, glaube ich, dass sich die Menschen unterdrücken, glaube ich, dass sich die Menschen hassen, glaube ich, dass sich Menschen lieben, glaube ich auch –

Das Kindergesicht, das schöne Gesicht, das farblose Gesicht, das geschminkte Gesicht, das entstellte Gesicht, das böse Gesicht, das runde Gesicht, das Vogelgesicht, das eckige Gesicht, das Ochsengesicht, das Pferdegesicht, das Mondgesicht, das traurige Gesicht, das leere Gesicht, das Gesicht meines Vaters, das Gesicht meines Bruders, das Gesicht meiner Mutter, das Gesicht meiner Schwester –

Ein Mann summt vor sich hin, nimmt keine Rücksicht auf andere, der Wind hat sich gelegt, so hört man ihn lauter als vorher, das Gerede der übrigen Menschen, Geschrei der Möwen, alles kommt näher, vergrößert sich, am Horizont eine pechschwarze Wolke, gleich ist es so weit –

Vor mir ein Strich in der Landschaft, aber es ist kein Strich, es ist eine Säule, genauso wie man sich eine Säule vorstellt. Das kann aus der Entfernung so aussehen, aber ein Strich in der Landschaft ist es nicht. Eine Figur, vom Auto aus nicht erkennbar, ein Turm vor einer Burg? Ist es eine Burg oder ein Springbrunnen, eine Fontäne? Nein, es ist eine Säule –

Du musst mir nichts beweisen. Es glaubt dir sowieso niemand, dass du dort warst. Wen sollte das interessieren? Eine Fahrt ins Blaue, aber dass es länger gedauert hat? Ein Stau, das nimmt dir keiner ab, auch noch in dieser Gegend, bis in die Nacht hinein, ohne dass es einen Unfall gegeben hätte, vergiss es, mach dich nicht wichtig. Einen Stau über dreihundert Kilometer gibt es nicht –

Gestehe dir ein, dass du unzufrieden bist, auch mit den Gedanken der anderen nicht übereinstimmst. Du kannst nicht aus dir heraus, also befreunde dich mit dir selbst, verteidige dich nicht, mach kein Theater. Die absolute Gewissheit gibt es nicht. Das wäre das Ende –

Betrügereien, die man für Wahrheit hält. Es ist nicht so, wie du denkst. Pass auf, der erste Eindruck entscheidet. Vergiss nicht zu lachen über dich selbst –

Was du für richtig hältst, kann nicht falsch sein. Wenn du es durchlebt hast, ist es richtig. Es fängt allein mit dir an und was du daraus machst –

Der Schlächter vernichtet sein Volk, in der Nacht fangen die Gedanken an zu schreien. Erst im Nachhinein zeigt sich der Schrecken. Man muss sich erinnern an die schöne Zeit, niemals an ein Ende –

Es wird nicht mehr gesungen. Man hört keine Lieder mehr. Als wären sie etwas Anrüchiges. Aber sie singen schon wieder, man muss sie nur hören –

Hier geht alles rückwärts, keine Zeit mehr für andere, schneller, noch schneller, ohne mit der Wimper zu zucken. Die Schlagzeilen der Zeitung, nichts als Erfindung, die indirekten Versprechungen –

Der Vater sagt: Wenn du zu lange in der Sonne liegst, wirst du blind. Schau dir bloß mal die fetten Leute an, die mit den Goldkettchen um den Hals. Zu viel macht dumm und gefräßig. Willst du so einer werden? Nein, vielleicht mache ich was anderes –

Kannst du verzeihen? Wenn es mich nicht betrifft, kann ich verzeihen. Wenn du weit genug weg bist vom Geschehen? Ja, ich kann verzeihen, aber es ist nicht leicht, daran zu denken –

Morgen, heißt es, wird es besser, morgen lüge ich dich nicht mehr an, morgen löse ich das Lebensrätsel, morgen bin ich ein braver Ehemann, morgen wirst du nicht mehr einsam sein –

Nicht mehr sagen, was man denkt den ganzen Tag, das falsche Grinsen durchschauen, Unaufrichtigkeit und geschiedene Ehepaare, sich nicht mehr berühren wollen, etwas hergeben müssen, das einem wertvoll erscheint –

Das Bedienungspersonal spricht nicht miteinander, ist zur Stelle, wenn etwas fehlt. Man hat das Gefühl, dass sie es ehrlich meinen, ehrlicher als die eigene Familie –

Sich nichts mehr gefallen lassen. Zurückschlagen mit aller Gewalt. Sagen, was man denkt. Aufstehen und gehen, dass sich die andern schämen –

Nachts allein am Strand. Der Wind spielt mit deinen Haaren. Ein Zug fährt hinter der Straße vorbei. Mit geschlossenen Augen Gedanken ordnen. Stimmen erinnern dich an die Kinderzeit –

Es gab nichts, was es nicht gab. Kartoffel- und Getreidefelder. Tagelöhner auf dem Hof. Als Kind merkt man, wer es gut mit einem meint –

Der Mensch ist zu allem fähig. Ich könnte es genauso gewesen sein wie die Frau im Bikini oder der Mann mit dem Hut. Das Meer schwemmt eine Leiche an. Keiner will es gewesen sein. Auch der nicht, der es gewesen ist –

Strandläufer, Falschparker, Politessen in Uniform. Die kleinen und die großen Diebe, fliegende Händler. Welches Stück wird heute gespielt? Wer es sehen will, der schaut hin, die anderen sind still –

Die Gestalt da drüben sieht aus wie eine Frau, ist aber ein Mann. Der Mann daneben ist eine Frau. Warum verkleiden die sich, warum sitzen sie nebeneinander? Das ist Zufall, hat nichts zu bedeuten, lass sie in Ruhe, such dir einen anderen Platz! Ich lasse sie ja in Ruhe, ich sehe bloß, was ich sehe –

Er stand auf und ging im Zimmer umher, der Tag hatte noch nicht angefangen. Er war wie benommen, konnte keinen klaren Gedanken fassen. Er setzte sich, stand wieder auf. Er wollte sein Leben ändern, wusste aber nicht, wie das gehen sollte. Was hatte er vor, träumte er? Wollte er tatsächlich sein Leben ändern?

Einmal hin, einmal her, einmal auf, einmal ab, einmal reich, einmal arm, einmal schwarz, einmal weiß, einmal zwei, einmal drei, einmal laut, einmal leise, einmal groß, einmal klein, einmal jung, einmal alt, einmal schnell, einmal langsam, einmal heiß, einmal kalt, einmal hart, einmal weich, einmal hell, einmal dunkel, einmal freundlich, einmal feindlich, einmal rund, einmal eckig, einmal süß, einmal sauer, einmal fett, einmal schlank, einmal alles, einmal nichts –

Damals, als es wieder was zu essen gab, nicht so wie heute, wo jeder alles haben kann, waren wir dankbar, sagte der Mann. Wer einmal richtig Hunger leiden musste, erschrickt noch immer, wenn er einen Supermarkt betritt –

Alles ist nichts und nichts ist alles. Ich möchte nicht mehr von vorne anfangen müssen. Ich war hier und habe Fehler gemacht wie jeder andere. Weil wir keine Tiere sind. Wären wir welche, könnten wir uns ein Leben als Mensch nicht vorstellen. Das übersteigt unsere Vorstellung. Ich möchte nicht in der Mehrzahl sprechen, nichts erfinden, ich freue mich, dass ich noch am Leben bin –

Das ist jetzt nicht das Ende von etwas, das nie richtig begonnen hat. Das ist auch nicht irgendetwas, das man hinter sich bringen soll, damit endlich Schluss ist. Ich könnte jederzeit wieder anfangen, nicht schneller, nicht langsamer, unaufhaltsam wie das Leben selbst, schön und kompliziert –

Er sagt nicht, was er denkt, er macht es anders, und ein Platz in der Zeitung ist ihm sicher. Er hat sich alles angeeignet. Erst wenn es darauf ankommt, geht er aus sich heraus. Redet nicht viel, hat sich rechtzeitig wieder im Griff. Das ist wichtig, sagt er, das andere nicht –

Am Abend ist alles möglich, die Sperre öffnet sich, obwohl man nichts vor hat, will man etwas machen, nur was es ist, stellt sich erst später heraus, wenn man es bereut hat oder noch mehr will ohne Zwang –

Sie umgarnt ihn, lässt ihn nicht mehr los, tut alles für ihn, macht ihn abhängig, ein kleines Hündchen wird er in ihren Armen. Er fühlt sich geschmeichelt, will weg von ihr, auf der Stelle, schafft es nicht. Allein ihre Stimme macht ihn schwach. Wenn sie sagt: Geh doch, liegt er wieder in ihren Armen, bleibt ihr ewiger Nichtsnutz –

Er nimmt ihre Hand, lässt sie wieder los, er sagt: Deine Hände sind schön, deine Finger. Das stimmt nicht, sagt sie, du denkst an die Andere. Ich habe keine Andere. Schwöre! Ich schwöre, glaubst du mir nicht? Sie ignoriert ihn, geht ins Bad, macht sich fertig fürs Büro –

Er beobachtet eine Frau am Strand. Wenn sie den Kopf hebt, glaubt er in ihrem Gesicht Trauer zu erkennen. Sie hat etwas ausgelöst in ihm, etwas Strenges, Forderndes. Er kann es sich nicht erklären. Er zwingt sich, von ihr wegzuschauen –

Sie hat einen kleinen Jungen und lebt mit ihm allein in einem Appartement. Sie will einen guten Jungen aus ihm machen. Ob es ihr gelingt, ist eine andere Frage –

Er kümmert sich nicht, lebt auf Pump, redet, macht, was er will, kommt nicht los von seinen Schulden. Trotzdem findet ihn die Verkäuferin vom Supermarkt interessant genug, um mit ihm auszugehen. Aber er interessiert sich nicht für andere, kümmert sich nicht darum, was sie sagen, macht, was er will. Schließlich hat es die Kassiererin auf ihn abgesehen, das Mädchen von der Kasse, wie die Leute sagen. Niemand weiß, wie er es angestellt hat, eines Tages sind beide verschwunden –

Sie hat lange blonde Haare. Wenn man sie von hinten sieht, denkt man an eine Schlange. Die Männer gehen in Gedanken mit ihr ins Bett –

Es sah tatsächlich so aus, als würde sie lesen, nichts vortäuschen,
keine Langeweile, kein sehn-
suchtsvoller Blick. Selbst der Kellner
fragte, ob alles in Ordnung sei –

Er hat es gemacht, das Verbotene. Man sieht es ihm an. Die Gedanken und Blicke sind nicht im Einklang mit seinen Bewegungen –

Man muss nicht alles sagen, Schwätzer gibt es genug, ich will mich nicht äußern dazu, stelle auch keine Anforderungen, ich mag nur nicht, wenn einer dauernd redet, sagte sie. Endlich eine Frau, die weiß, was sie will, indem sie sagt, was sie nicht will, dachte er und schwieg –

Wenn man genauer hinsieht, erkennt man in ihr einen Mann, der froh ist, keiner mehr sein zu müssen, nur die weiche Art ist nicht echt, erst in einigen Jahren, wenn es sich eingespielt hat vielleicht, ja, auch wenn er spricht, sich bewegt, merkt man, dass er durchdrungen ist von einer Weiblichkeit, die es bei Frauen nicht gibt –

Ein rotes Cabriolet mit einer blonden Frau am Steuer und zwei weißen Koffern auf dem Rücksitz kam gegen Mittag die Auffahrt herauf und blieb stehen vor dem kleinen Hotel, in dem er seit einer Woche wartete auf sie–

Ihre Wut und Verzweiflung, ihre Enttäuschung lud sie ab bei ihm, und er ließ es geschehen. Weil sie auch verständnisvoll sein konnte, ihm verzieh, er auch kein Heiliger war. Wenn er alles zusammenzählte, war er zufrieden wie Millionen andere Männer auch auf der Welt –

Sei vorsichtig, nimm dich in acht, pass auf, mach es nicht wie die anderen, mach es unauffällig, aber nicht versteckt, schau dich um, sei gescheit, vertrau dir, sag, was du denkst, aber nicht alles, wenn das so einfach wäre, würden es alle machen, überlege dir, was du willst, geh nicht zu weit, wenn es nicht klappt, steck die Niederlage weg, das ist wichtig, wichtiger als der Glaube an dich selbst –

Er hielt sich die Ohren zu und hörte sich atmen. Er war ganz in sich gekehrt, er schloss die Augen. Was erwartete er? Was wollte sie wissen? War das wichtig? Er öffnete die Augen, sah sie nicht mehr. Stellte sie ihn auf die Probe? Welche Probe? Er hörte zu atmen auf –

Erst wenn du erwachsen bist, weißt du, was Liebe ist, erst wenn du groß bist, begreifst du den Sinn des Lebens, und einen Sinn muss es doch haben. Für den einen sind es die Frauen, für den andern Kinder, für den dritten ist es das Leben selbst –

Er reagiert sehr empfindlich, wenn sie einem Fremden hinterherschaut. Er fühlt sich verunsichert, sagt nicht, was er denkt. Er ist nicht ehrlich ihr gegenüber und auch nicht zu sich selbst –

Sie hat einen Fehler gemacht. Er überlegt, wie er es ihr sagen könnte, hat aber den richtigen Zeitpunkt versäumt. Er will es nicht versteckt sagen, auch keine Witze machen. Sie kennen sich noch nicht so lange, dass er es machen könnte. Er behält es für sich. So ist ein weißer Fleck in ihrer Beziehung entstanden, die noch nicht begonnen hat –

Er steht auf von seiner Liege, geht am Strand entlang, denkt an etwas Schönes, fängt zu lachen an, lacht über sich selbst. Gerne würde er sich jetzt von außen sehen, wie er stehen bleibt, den Kopf schüttelt, sich allmählich von seinen Gedanken befreit –

Es stimmt nicht, es ist gelogen. Obwohl die Lüge oft wahrer ist als die Wahrheit, das Erfundene glaubwürdiger als die Realität. Welche Wahrheit? Welche Realität?

Ein weißes Segelboot ankerte am menschenleeren Strand. Eine Frau mit Handy kam aufgeregt auf mich zu und rief: Wie weit ist es von hier nach Venedig? Venedig, von hier aus, wiederholte ich, was gibt es da, was es hier nicht gibt? Der Freund meiner Tochter, das Schwein hat sie dort sitzen lassen, sagte sie und musterte mich von oben bis unten. Oje, entgegnete ich, bei der Flaute wird es wohl besser sein, Sie nehmen gleich den Zug. Venedig, von hier aus, wiederholte sie, wo ist hier der Bahnhof? Während ich schon überlegte, wann ich zuletzt in Venedig war –

Wer lange allein lebt, hört Stimmen oder er kriegt die Kurve nicht mehr, wird noch verschlossener, als er bereits ist, lebt weiter allein in seiner Welt. Was durchaus etwas Befreiendes haben kann –

Im Platzregen zurück zum Auto, die Damen in teuren Roben, durchsichtig, das Fleisch im Seidenumhang wippend, verschämt im Laufschritt um sich blickend, und der Junge unter dem Dach, alles beobachtend, sich selbst irritiert in den Schritt fassend, erregt im Haus verschwindend, schweigend, allein mit sich selbst –

Morgen will er in die Kirche gehen. Allein wegen des Prozederes, wegen der Predigt, weil morgen Sonntag ist, sagt er. Auch wenn die Leute nicht daran glauben, gehen sie in die Kirche, und nicht nur am Sonntag. Sie hören die Glocken läuten, lassen alles stehen und liegen, beeilen sich, als wäre die Kirche wichtiger als sie selbst. Dabei würden sie gerne etwas anderes tun, etwas, das man in der Kirche nicht tun darf –

Die Frau beherrschte ihn seit Jahren. Er wollte ihr nichts antun, weil er sie liebte. Das Wort stand jedenfalls auf dem Kleidungsstück von ihr. Er hat sie nicht ermordet, nicht angerührt an diesem Tag. Das ist die Wahrheit, falls es eine Wahrheit gibt –

Das Licht geht aus, er sitzt im Dunkeln, versucht keine Panik aufkommen zu lassen. Er hört, was im Dunklen ringsumher geschieht. Er weiß, auch er könnte weiterleben ohne Licht –

Der Nachbar mäht den Rasen absichtlich zu später Stunde, der Junge quält ihn mit überlauter Musik, die junge Frau gegenüber schläft nachts bei offenem Fenster. Beweisen kann er das aber nicht, nur den Rasenmäher, die laute Musik –

Was hasst du, was liebst du? Kannst du ohne Hass an den Hass denken? Was macht den Hass aus? Hasst du den Hass oder nur den Gegenstand, der den Hass in dir erzeugt und die Liebe tötet?

Es muss eine radikale Änderung stattfinden, es muss sich jeder eingestehen, dass er nicht mehr ist als der Andere. Es muss geschehen ohne Anstrengung –

Wir wissen es, aber die anderen wissen es besser. Wir glauben daran, aber die andern machen es lächerlich. Wenn wir nicht aufpassen, kann uns nichts mehr helfen. Aufstehen und schreien, laut und deutlich, das wäre der Anfang –

Er kam in den Raum wie ein Bo-
xer, blieb stehen neben der Türe, aus der das Küchenpersonal
trat. Er erteilte seine Befehle, deutete
mit der Hand in verschiedene Richtun-
gen, wartete, bis alle losmarschiert waren, dann drehte er sich um und musterte
die Gäste –

Einmal still sein, einmal nichts sagen, einmal nichts tun, einmal da sitzen und die Augen schließen, nichts hören, nicht das Kind, nicht die Mutter, nicht den Hund, nicht die Katze, nicht das Meer, das heute so laut rauscht –

Wer ist stark, wer ist schwach? Wer ist der Sieger? Gibt man auf, gehört man zu den Schwachen. Hat man Kraft, muss man sie behalten –

Sie weiß es, du weißt es. Es hat auch nichts Schlechtes an sich, man macht sich selbst schlecht. Alles oder nichts. Wer es nicht glaubt, versucht es noch einmal. Sie will es nicht wissen, weil es niemand weiß –

Sie trieben ihm das Leben aus, er hatte zu viel davon. Er war laut und machte alles falsch, lief einfach drauflos, war nicht vorbereitet auf das Leben –

Sie hatten sich nichts mehr zu sagen, lebten weiterhin zusammen, aus Gründen, die sie sich nicht erklären konnten. Ein eigenes Leben nach Jahrzehnten der Gemeinsamkeit war nicht mehr möglich. Sie gingen gemeinsam spazieren, sprachen nicht darüber. Getrennte Betten, getrennte Ansichten, getrennte Kassen. Ideale Voraussetzung, wenn man sich nichts mehr zu sagen hat –

Morgen wollten sie wegfahren, morgen wollten sie es wissen. Morgen wäre der Tag gewesen. Morgen, nicht heute. Nur morgen überlegt man sich noch was. Morgen ist das Wetter anders, morgen glaubt man nicht mehr daran –

Das Neue ist das Alte, nur mit ein paar Abstrichen. Alle nehmen es hin. Die Frau will sich nicht unterordnen, macht das, was sie am besten kann, fängt mit ihren alten Fehlern an. Wer noch nicht zu sich gefunden hat, bleibt, was er ist –

Sie sitzt in einem Penthouse allein in einer Badewanne. Sie bildet sich ein, begehrt zu sein. Aber niemand ist da, der sie begehrt in diesem Hotel, in dem ein jeder wichtiger ist als der andere, keiner den andern begehrt –

Sie macht ihm Vorwürfe, ist gemein, weiß, wie sie ihn behandeln muss, dass er kleinlaut wird. Er lässt es sich gefallen, weil er ihr auch etwas antut. Ist es das, was sie zusammenhält? Sie kennen sich gut, üben keine Nachsicht, gehen frei miteinander um, stellen sich bloß. Dann lachen sie, tun so, als wäre überhaupt nichts geschehen –

Am Anfang glaubt er noch daran, ist bestens gelaunt, fast euphorisch. Erst kurz vor Schluss und der kommt immer, hasst er, was er macht –

Der andere geht aus sich heraus, spricht deutlich, hat ein Programm, verschweigt nichts, prangert an, geht weiter als erwartet, sagt, was andere für sich behalten –

Ich glaube nicht, dass es berechenbar ist, sondern dass es noch etwas anderes im Leben gibt. Als Kind wurde ich belehrt, immer wieder unterbrochen. Alles war falsch, was ich machte. Obwohl es nicht falsch war, aus heutiger Sicht –

Sie trinken morgens schon Sekt aus der Flasche, woher sie kommen, weiß keiner, drei Frauen, ein Mann, immer mit einem blöden Grinsen im Gesicht. Sie vertragen einiges, kommen nicht ins Wanken, brauchen das. Zwei Wochen, sagt der Portier, länger nicht. Dabei sind sie erst eingetroffen –

Es gibt nichts zu sagen, die Sprache versteht kein Mensch, es ist nicht wichtig, was hat er schon alles gesagt, egal, vielleicht stimmt es und er wird genauso gelenkt wie die andern oder es geschieht alles von selbst, vielleicht gibt es bald gar nichts mehr zu sagen –

Sie ist attraktiv, trifft sich mit ihrer besten Freundin. Sie sagt: Er fragt mich dies, er fragt mich das, wieso stellt er keine Gegenfrage, sagt nur: Legst du dich nicht hin? Willst du einen Kaffee? oder Willst du noch einen Kaffee? Ich glaube, er macht mir bloß was vor. Das glaube ich nicht, sagt die Freundin, die sie mit ihrem Mann betrügt –

Ein Wort, das dich vernichten konnte. Ein Wort, das verboten war. Ein Wort, das man beichten musste. Strafarbeiten, Angst und schlaflose Nächte –

Gestern war die Frau noch am Strand. Er ärgerte sich, weil er sie nicht angesprochen hatte. Heute war sein letzter Tag. Die Möwen schrien, der Wind wurde stärker. So war es ihm recht, dass auch die Sonne hinter den Wolken verschwand –

Was kostet Kraft? Streiten kostet Kraft. Was kostet keine Kraft? Versöhnung kostet keine Kraft. Was liebst du? Die Liebe, aber sie ist der Wahnsinn, setzt alle Regeln außer Kraft. Man will nicht mehr zurück in die Realität. Was sehr viel Kraft kostet –

Sie spielte mit ihrem Handy, Nachrichten, Wetterberichte, Zeitvergleich. Wozu, wusste er nicht. Sie sagte: Sag mir ein Wort, das du übersetzt haben willst und ich übersetze es dir. Ich möchte aber nichts übersetzt haben! Ich dachte nur, damit du dich nicht langweilst. Habe ich gesagt, dass ich mich langweile? Er saß vor dem Hotel und beobachtete die Gäste, die alle mit ihren Handys beschäftigt waren –

Etwas geschah, er merkte es, ließ es geschehen. Er fragte nichts mehr, wurde ruhiger, stellte keine Vergleiche mehr an. Er war jetzt bei sich selbst angekommen und sehr allein –

Nichts war, wie es war, es hatte sich alles geändert. Aber das war immer schon so, nichts blieb, wie es war. Das war sein Werk, darauf war er stolz, er bekam Preise, als wäre es etwas Neues, wurde gefördert, aber nicht lange, bald war nichts mehr, wie es war. Er fiel in sich zusammen, während die andern schon über ihn hinwegstiegen –

Sie liegt täglich in der Sonne, hat noch immer ein schönes Gesicht, nur ihre Oberschenkel sind zu dick, ihr Bauch. Ein Mann geht vorbei und sagt, was er nicht sagen wollte. Sie hört es zum ersten Mal: Warum hat die dicke Frau so ein schönes Gesicht?

Am Vormittag schleicht er um sie herum, grüßt sie und sie grüßt zurück. Er bleibt stehen, sagt: Bella Donna. Sie hört ihm zu, spricht kaum, doch dann erzählt sie ihm ihre Geschichte. Er glaubt ihr, steht neben ihr an der Strandbar. Am Nachmittag geht sie mit ihm spazieren. Am Abend reitet sie ihn –

Sie machen eine Reise. Am Bahnhof sehen sie zwei Frauen, die sich schamlos auf dem Bahnsteig küssen. Sie schließt das Fenster, zieht ihn zu sich herunter. Der Schaffner kommt, verlangt die Fahrkarten. Der Zug fährt weiter. Sie umarmen sich. Küssen sich. Glauben tatsächlich, dass sie füreinander bestimmt sind –

Sie hatte sich für so und so viel Jahre so und so viel Geld zur Seite gelegt. Sie lebte alleine und hatte keine Kinder. Sie war im sogenannten letzten Drittel ihres Lebens angelangt, wollte nur noch leben. Ob sie geschieden war, wusste man nicht, nur dass sie oft in den Süden fuhr. Aber es war ihr egal, was die Leute dachten. Sie hatte sich so und so viel Geld für so und so viel Jahre zur Seite gelegt, und wollte jetzt nur noch leben. Sie hatte sich alles genau ausgerechnet –

Sie sagte, die Leute mit den großen Autos grüßen dich nicht im Ausland, protzen mit ihren Handys, reden laut und deutlich, lassen nichts gelten außer sich selbst. Man erkennt sie schon von weitem –

Wieso sollen nur die andern recht haben, wieso nicht sie? War sie nicht schön, hatte sie keine Ausstrahlung, erschien sie etwa nicht begehrenswert? Ja, sie war schön, sie hatte Ausstrahlung, war begehrenswert, nur interessierte sich keiner für sie –

Er will gehen und bleibt. Er macht einen Kopfstand, schaut unters Bett, geht hin und her und wieder zurück. Er hat nichts Böses im Sinn, er kann nicht anders. Er will nicht, sagen die Leute –

Was am Morgen geschieht, das bekommt am Abend eine andere Bedeutung. Er zählt die Tage, die nicht vergehen, glaubt an eine bessere Zeit, die nicht kommt. Er arbeitet mehr als früher, doch alles erscheint ihm sinnlos. Sie hat ihn zu sich gebracht, indem sie ihn verließ –

Zwei Kinder, die sich in einer Telefonzelle küssen. Das muss zu einer Zeit gewesen sein, als es noch Telefonzellen gab. Die Welt ist eine offene Telefonzelle geworden –

Ein Kind allein am Strand, sieht
zum ersten Mal die Möwen,
sieht zum ersten Mal das Meer,
sieht zum ersten Mal ein Schiff, hört
zum ersten Mal eine fremde Sprache –

Windstille. Man hört jedes Wort. Gestern noch zu zweit, heute allein. Leute gehen an mir vorbei, die Sonne versinkt im Meer. Möwen umkreisen mich, schon ist es dunkel. Ich fahre zurück ins Hotel –

Sie spielt mit seinen Gefühlen, und er macht immer den gleichen Fehler –

Warum hat sie mit dem andern telefoniert? Warum nicht mit ihm? Warum macht er sich solche Gedanken? Warum hat sie ihn abgewiesen, war es eine Abweisung oder bildet er sich das bloß ein? Es überfällt ihn immer noch ein Schmerz, wenn er an sie denkt. Er hat es noch nicht überwunden –

Er muss aufpassen, dass er nicht zugrunde geht, er verlottert schön langsam, nur sieht man ihm nichts an. Er ist schüchtern, hält sich zurück. Er ist sich oft selbst schon zu viel –

Sie traut ihm nicht, wendet sich ab. Wärst du jetzt neben mir, würde ich dir glauben, aber selbst das ist dir zu viel! Sie umschlingt ihn. Warum liebst du mich nicht? Hab ich das gesagt? Das ist es ja eben, du bemühst dich nicht! Schweigend geht er von ihr weg –

Sie spricht kein Deutsch und er kein Italienisch. Sie sehen sich jeden Tag. Sie sprechen nicht miteinander. Sie wissen, es ist schön, wenn man sich nicht erklären muss –

Eine Frau verlässt ihren Mann. Der Mann stellt ihr nach, findet sie nicht. Eine Zeitlang geschieht gar nichts, dann merkt er, dass sie mit einer üppigen Blondine zusammenlebt. Immer wenn er die andere Frau sieht, denkt er ans Reiten, behält es aber für sich. Schließlich kehrt seine Frau zu ihm zurück. Da verliebt sich die andere Frau in ihn. Er ist im Zwiespalt. Schließlich trifft sie ihn heimlich und wird seine Geliebte –

Wer nichts zu sagen hat, sagt am meisten. Wer unten ist, will nach oben. Wer hässlich ist, will schön sein. Wer nichts hat, will etwas haben. Wer krank ist, will gesund sein. Das Kind will erwachsen sein –

Der Mann schaut der vollbrüstigen Frau hinterher, seine Frau geht zum Mittagessen. Er bleibt allein. Möwen umkreisen ihn, Wolkenschatten über dem Meer. Die Frau kehrt zurück, wirft sich in den Sand. Wieder zwei Kilo zu viel! Die vollbrüstige Frau beobachtet ihn –

Er denkt sich verrückte Sachen aus, fragt: Wie heißen Sie? Sie antwortet: Warum?! Er vergisst, was er sagen wollte, fängt zu stottern an. Kein Dolce mehr, kein Provare, keine Affäre für eine Nacht. Er packt seine Sachen, kommt nicht mehr an diesen Platz zurück. Das Wetter schlägt um, wird schlechter, es fängt zu regnen an. Da erwacht er aus seinem Traum –

Sie flehte ihn an, belüge mich, quäle mich, sei gemein, lass mich zappeln, halte mir alles vor, sag die Wahrheit, mach mit mir, was du willst, aber lass mich heute Nacht nicht allein –

Wer ist glücklich? Wer gibt vor, es zu sein? Was ist Glück? Keine Sorgen zu haben? Gesundheit? Kinder? Keine Kinder? Ein Geschäft? Ein Garten? Eine Versicherung? Ein ganzes Leben –

Es geschieht alles unsichtbar, ist kein Geheimnis. Bist du einmal drinnen, kommst du nicht mehr heraus. Es ist wie in einer Einbahnstraße. Aber das ist ein schlechter Vergleich. Es gibt keine Vergleiche mehr und plötzlich bist du draußen –

Das Gesicht ist ihm bekannt. Aber es kommt ihm nicht in den Sinn, wo es hingehört. Kein Mensch interessiert sich dafür. Es ist ein Spiel, das er spielt mit sich selbst. Ein traurig fröhliches, ernstes Gesicht. Er ist überzeugt, er findet es, bevor es für ihn so weit ist –

Ein Druck aufs falsche Knöpfchen und es gibt nichts mehr auf der Welt. Alles vernichtet vom Menschen, der dafür verantwortlich ist. Sich hier einzurichten, sagt er, war mein größter Fehler –

Die Auffahrt zum Hotel, früher mit Palmen gesäumt, erscheint heute armselig und kalt. Pflastersteine, künstliche Blumen, Wasserfontänen, alles nur Show. Dass man sich fragt, wo hier die Menschen sind –

Der Synchronsprecher mag die Serien für Kinder nicht mehr. Das ist vorbei, meint er. Die Kinder heutzutage sind schon dreimal so alt wie ich seinerzeit –

Niemand mehr hier, der ein Ziel hat, und ich, der es hatte, auch nicht. Das ist der Gedanke, der mich verfolgt. Wer weiß schon, ob es Bestand hat, wenn es vorbei ist. Nur in Ordnung sollte man es bringen, glauben daran. Weil andere es nicht so gesehen haben wie du, eingesperrt im eigenen Ich –

Man sollte reich auf die Welt kommen: Das Kleine wäre nicht schlechter als das Große, keine Unterdrückung mehr, kein Neid, keine Angst. Von wegen um drei Ecken denken. Keine Wiedergutmachung, keine falschen Gedanken, gar nicht wissen, was gut oder schlecht ist. Kein Hass, keine Wut, auf wen auch, wenn man alles hat, was man braucht. Keine Ironie, kein Spott und kein Versteckspiel, das wäre nicht die Frage. Es gäbe überhaupt keine Frage, die man in Frage stellen müsste –

Ein Zeuge tritt auf und bezeugt, dass es die Wahrheit ist, was er sagt, weil gesehen hat er es nicht, er weiß nur, dass er etwas gesehen hat, von dem er glaubt, dass es die Wahrheit ist, die es nicht gibt –

Ich bin nicht du, das bin nicht ich, du auch nicht. Keiner, niemand, alle sind das nicht. Ich bin nicht alle, nichts ist ich. Auch der Mann im Spiegel nicht. Du sprichst anders, ich nicht wie du. Du glaubst mir nicht –

In der Fremde fragt keiner nach dir, solange du dich nicht auffällig ver-hältst. Deine Herkunft zählt nicht, es ist wie zu Hause. Aber du wolltest ja unbedingt weg –

Die Hitze und die Stille, der Mond hinter den Wolken, das Haus der Eltern nach dem Tod. Die Trennung, die Feindschaft, Verschlossenheit und Angst –

Der Mensch braucht für alles eine Erklärung. Dann geht es von vorne los. Er sucht einen Anhaltspunkt, immer und überall. Das ist so, und wenn du dich auf den Kopf stellst, es heißt im Nachhinein nur anders –

Einmal im Leben, sagen die Leute, das reicht, nur dass man mitreden kann. Ja, das ist wichtig, sonst nichts. Viel mehr wird es erst, wenn sie es gemacht haben. Dann wollen sie noch was machen –

Hier fehlt das Licht, da der Schatten. Die Kinder lachen, die Eltern passen nicht auf und das Licht wird stärker. Der Himmel will gar nichts erreichen mit den Wolken, nur die Eltern drängen sich vor, mühen sich ab, hören nicht auf zu reden –

Das leere Blatt wird beschrieben mit Buchstaben und Erinnerungen, Gefühlen, was in den Zeitungen stand, Kinder gesagt haben, der Fernsehstar, der Nachbar im Ausland, die begehrliche Frau, weil du nicht weißt, was jeder weiß. Oder täusche ich mich, bist du schon auf deinem Weg?

Die Gäste sind gekommen, um was Neues zu erfahren. Manche wurden nicht eingeladen und sind trotzdem gekommen. Der Gastgeber hat alles in der Hand. Wenn er will, kann er Berge versetzen. Nein, das ist einer, der alles versteht, und verzeiht, der alles glaubt, was man ihm erzählt, der ganz klein wird, wenn er einmal nichts weiß –

Sie fahren nirgends mehr hin. Sie haben alle Städte besichtigt. Die Attraktionen und Sehenswürdigkeiten interessieren sie nicht mehr. Sie liegen nur noch am Strand, gehen nicht mehr ins Wasser. Wie waren sie wild auf das Meer, die Spaziergänge am Strand. Auch die Fischsuppe schmeckt ihnen nicht mehr. Die zahllosen Landschaftsfotos, die er gemacht hat. Voller Euphorie waren sie und Begeisterung. Und jetzt sehen sie nichts mehr –

Gestern war ich im Supermarkt, um mich abzukühlen, das einzig Erfrischende dort ist die Klimaanlage. Leider bieten sie keine Bücher mehr an, dafür Handys und Computer, so dass ich mir trotz Abkühlung ziemlich alt vorkam –

Mann mit Hut, Mann ohne Hut, Straße mit Autos, Straße ohne Autos, Himmel mit Wolken, Himmel ohne Wolken, Strand mit Sonnenschirm, Strand ohne Sonnenschirm, Kind mit Eltern, Eltern ohne Kind –

Haben wir genügend zu essen, sind alle gesund, müssen wir was spenden, sollen wir da mitmachen, überladen wir uns mit Aufgaben –

Morgen ist der Tag, der gestern hätte sein sollen, mit all seinen Fehlern, Enttäuschungen und dem unerfüllten Wunsch nach Liebe –

Es gibt keine Zeit. Aber ein Gestern, ein Morgen. Nein, eine Zeit gibt es nicht. Und was ist mit dem Tag und der Nacht, dem Vorher und Nachher? Keine Zeit. Und die Jungen, die Alten? Nein, eine Zeit gibt es nicht –

Du bist ein Stein geworden. Einer, der unter anderen Steinen liegt am Strand. Kinderhände werfen dich hinaus ins Meer. Du gehst unter, die Flut trägt dich wieder zurück. Gefällst du dir als Stein?

Und der Tag fing wieder
vor dem Morgen an,
wieder hörte keiner zu.
Der Mond ging unter und
der junge Stern erlosch.

ADELHARD WINZER
LÜGENGESCHICHTEN
2018. 132 SEITEN
BOD – BOOKS ON DEMAND,
NORDERSTEDT
ISBN 9783752862102

Der Mond hat sieben Türen, sprach das Kind.
Ich lebe nicht hinter dem Mond, erwiderte
der Mann. Du hast keine Ahnung, meinte
das Kind, wenn der erst mal seine Hintertüre
aufmacht, beginnen die Menschen zu wackeln.
Von wegen wackeln, sagte der Mann. Ja,
wenn der Mond wirklich wollte, könnte
er die ganze Welt überschwemmen,
aber er hat Mitleid mit uns, vor allem
mit den alten Leuten. Ich bin nicht alt,
entgegnete der Mann. Für ganz Alte, sagte
das Kind, macht er die Vordertüre auf,
dort können sie hineingehen! Und das Kind
verschwand wie es gekommen war.
Blödsinn, dachte der alte Mann, drehte sich
auf die andere Seite, und konnte doch nicht
einschlafen. Seine Gedanken begannen
um den Mond zu kreisen, um die Erde,
um alte Leute. Schließlich träumte er,
durch eine große weite Türe zu gehen.
Alle Menschen machten ihm Platz,
verbeugten sich und riefen:
Wo warst du denn die ganze Zeit!

ADELHARD WINZER
STOCKHOLM BLUES
KURZPROSA. 2018. 92 SEITEN
BOD – BOOKS ON DEMAND, NORDERSTEDT
ISBN 9783752839814

Seit ich denken kann, will ich nach Stockholm.
Kennen Sie Stockholm? Ich war noch nie dort.
Es ist schön, wo ich wohne, ich vermisse nichts.
Also, sagen meine Freunde, was willst du
in Stockholm? Ich weiß nicht. Nachts erwache
ich aus meinem Traum, drehe mich auf
die andere Seite und denke, morgen gehe ich
nach Stockholm. Stets kommt etwas
dazwischen. Ich gehe zur Arbeit, ärgere mich,
gehe wieder nach Hause – schon ist der Tag
vorbei. Wie schön wäre es jetzt in Stockholm,
denke ich, warum bist du nicht nach Stockholm
gegangen! Ich war in Trinidad, ich war in
New York, aber was ist das im Vergleich
zu meinem Traum. Meine Freunde sagen,
geh in dich, vergiss dieses Stockholm,
es bringt dich noch um! Aber in Gedanken
bin ich in Stockholm. Ich weiß nicht warum.
Um was Neues beginnen zu können,
muss ich nach Stockholm. Kennen Sie
Stockholm? Waren Sie schon dort?
Heute wäre ein guter Tag,
um nach Stockholm zu gehen!

ADELHARD WINZER
DIE SPRACHGRENZE
GESCHICHTEN. 2018. 184 SEITEN
BOD – BOOKS ON DEMAND, NORDERSTEDT
ISBN 9783746087429

In mehr als hundert ineinandergreifenden
Geschichten (die längste hat elf Seiten, die
kürzeste vier Zeilen) wird anhand der Parabel,
der Groteske, der Fabel und der Übertreibung
von Personen und Ereignissen berichtet,
denen allen gemeinsam die Thematik
„In der Fremde" zugrunde liegt. Skizzenhaft,
lakonisch, phantastisch überhöht,
bis an die Grenzen der Erzählbarkeit.

„Ihre Texte haben lange auf meinem
Schreibtisch gelegen und ich habe immer mal
wieder hineingeschaut. Der Titel ‚Sprachgrenze'
ist total richtig gewählt. Alle Texte machen vor
etwas Halt – eine Wand? Ein Absturz? Ein
Paradies? Das wirkliche Leben? (was immer
das ist). Man wartet auf einen Durchbruch,
aber er kommt nicht. Sehnsuchtstexte!
Sehnsucht sehnt sich nach Erlösung. Aber was
könnte das sein? Gott? Die Liebe? Die Tat?"
Ruth Rehmann in einem Brief
an Adelhard Winzer

„Deine Geschichten sind klasse, sie ziehen den
Leser in den Bann, sind erschreckend
ehrlich und hart, sprachlich fein gesponnen."
Thomas Felber, Buchhandlung Lentner, München

„Ich finde Ihr Werk rundherum gelungen."
Wolfgang Weinkauf